La magique

Évelyne Reberg habite en Côte-d'Or. Professeur de lettres, puis bibliothécaire, elle est l'auteur de nombreuses histoires pour enfants. Publiée régulièrement par les revues de Bayard Jeunesse, elle a également écrit des romans édités chez Duculot, Hatier, l'École des Loisirs, Le Seuil, Nathan et Flammarion.

Du même auteur dans Bayard Poche :

Les bottes à grande vitesse (Les belles histoires)

Les crétins punis (Mes premiers J'aime lire)

C'est la vie, Julie - La vieille dame et le fantôme - P'tit Jean et la sorcière - Le château hanté – L'auto fantôme - Hurlenfer - Bouboul Maboul - Le sifflet du diable - L'arbre aux secrets - Ma mémé sorcière - Mon copain vampire - Marie-toi, marie-toi ! - Le mariage de Mémé sorcière (J'aime lire)

Serge Bloch est né en 1956 à Colmar. Actuellement il est directeur artistique à Bayard. Quand il lui reste du temps, il fait des illustrations pour les petits et les plus grands ; il adore aussi faire des dessins humoristiques.

Du même illustrateur dans Bayard Poche:

Les crétins punis (Mes premiers J'aime lire)

Mon copain bizarre - Le professeur Cerise - L'atroce monsieur Terroce - Tempête à la maison (J'aime lire)

Troisième édition

La zip-zip magique

Une histoire écrite par Évelyne Reberg
illustrée par Serge Bloch

mes premiers
j'aime lire

BAYARD POCHE

Chapitre 1

À l'école en trois secondes !

Madame Chameau, la maîtresse de Quentin, était très méchante. Jamais on n'avait vu une maîtresse aussi méchante, même dans les feuilletons télé.

Les élèves murmuraient que c'était une
sorcière. Elle n'aimait que son propre fils,
l'odieux Rigobert Chameau. Et elle détes-
tait Quentin, parce qu'il était toujours en
retard.

Chaque matin, Madame Chameau accro-
chait Quentin au portemanteau, ou alors
elle le battait avec son triple martinet à
queue de rat.

Un mercredi, Quentin aperçut près de

chez lui un nouveau magasin, «Magic Magie». Il entra. La vendeuse était une très jolie dame. On aurait dit une fée. Elle demanda :

– Que désires-tu ?

– Euh…, dit Quentin, je désirerais un objet magique pour aller très vite. Je voudrais tant arriver à l'école en un clin d'œil!

La vendeuse lui tendit une petite boîte noire. Quentin s'exclama :

– Pff… c'est une télécommande !

La dame protesta :

– Pas du tout ! C'est une «zip-zip». Tu n'as qu'à dire la formule magique : «par ma zip-zip», puis tu dis où tu veux aller en appuyant sur le bouton rouge. Et, hop ! tu es expédié où tu désires, en trois secondes. Je peux te la prêter… Mais… où es-tu ?

Quentin avait déjà appuyé sur le bouton
et zouiiing ! il s'était retrouvé chez lui.
— Grandiose ! s'écria-t-il.
Il appuya de nouveau sur le bouton en
chuchotant :

– Par ma zip-zip, je veux retourner à «Magic Magie».

Hélas, l'appareil ne marchait déjà plus.

– Zut ! C'est peut-être un problème de pile, bougonna Quentin.

Il courut jusqu'au magasin. La dame s'exclama d'un air mécontent :

– Pour quelqu'un de trop lent, tu es bien trop rapide ! Sache que cet appareil n'est pas encore tout à fait au point : il ne marche qu'une fois par jour.

– Tant pis ! dit Quentin. C'est déjà bien. Merci beaucoup, Madame…

– Je m'appelle Zipounette Zipon.

– Merci, Madame… Zipounette !

Quentin s'apprêtait à bondir dehors, quand la dame le retint par le bras. Elle chuchota :

– Surtout, ne montre la zip-zip à personne, tu entends ? Si tu la prêtais à n'importe qui, il pourrait arriver… euh…

– … n'importe quoi ! dit Quentin.

Et il rentra chez lui en chantonnant.

Chapitre 2

Quentin est trop bavard

Jeudi matin, Quentin se réveilla en retard, comme d'habitude.

– Zut ! marmonna-t-il, je vais me faire assassiner par Madame Chameau !

Soudain, il pensa à sa zip-zip. Il l'embrassa en suppliant :

– Oh, ma chérie, pourvu que tu fonctionnes !

Il appuya sur le bouton en disant : «Par ma zip-zip, je veux être à l'école.»

Et, à neuf heures pile, zouiinnng ! il atterrit dans la classe.

– Ouaouh ! s'écrièrent ses copains. Bravo, Quentin, tu n'es pas en retard, aujourd'hui !

Les jours suivants, Quentin arriva le premier à l'école. Rigobert Chameau, le fils de la maîtresse, lui demanda :

– Dis donc, ta boîte, là, qu'est-ce que c'est ?

– Ma zip-zip…, dit fièrement Quentin.

Il était rudement content de se faire remarquer par le fils de la maîtresse.

– C'est un nouveau modèle, ajouta-t-il.

– Un nouveau modèle de quoi ? demanda le fils Chameau en fronçant le museau.

– Euh… de rien du tout, fit Quentin.

Il venait de se rappeler ce que lui avait recommandé Zipounette.

Le fils de la maîtresse ricana très fort :

– Hep ! Quel crétin, ce Quentin ! Il vient en classe avec un modèle de rien du tout !

Quentin bafouilla :

– C'est-à-dire, ça sert à aller là où…

Il s'arrêta de justesse.

– Ça sert à aller nulle part…, finit-il par dire.

– Hep ! Quel débile, ce Quentin ! Il arrive tous les matins avec un nouveau modèle de rien du tout qui sert à aller nulle part !

Quentin avait l'impression que Rigobert le prenait pour un zéro. Alors, il avoua :

– C'est une commande magique. Tu dis «par ma zip-zip», et, zouiinnng ! tu vas où tu veux.

Il ajouta tout bas :

– Surtout, ne le répète à personne !

Les méchants petits yeux de Rigobert se mirent à briller.

Le soir, à la sortie de l'école, Rigobert se jeta sur la zip-zip en criant :

– Ha, ha ! Demain, j'irai jusqu'au zoo, pour assister au repas du boa*, quand il avale les souris ! Je rêve de voir quand il ouvre sa gueule et que les souris couinent de peur.

* Un boa est un très gros serpent.

Chapitre 3

Dans la gueule du boa

Le lendemain, quelle histoire ! Madame Chameau allait et venait dans les couloirs de l'école en criant :

– Mon fils ! Mon adoré ! Il a disparu ! Quelqu'un sait où il est ?

Personne ne l'avait vu, et tout le monde pensait : «Bon débarras…»

Quentin dit timidement :

– Je… je crois qu'il est allé au zoo…

La maîtresse explosa :

– Au zoo ? Mais c'est à trente-cinq kilomètres d'ici ! Et que ferait-il au zoo, espèce d'idiot ?

– À mon avis, dit Quentin, il se trouve dans la cage aux serpents.

– Quoi ? Mon trésor ? Dans la cage aux serpents ! s'écria Madame Chameau. Si tu te moques de moi, je te ferai bouillir les fesses!

Elle fonça au zoo, elle retrouva son fils… ou plutôt le derrière de son fils. Le boa avait déjà avalé la tête de Rigobert. La maîtresse

eut juste le temps de sortir son chéri de
la gueule du monstre en le tirant par les
baskets.

Ce jour-là, on put lire dans le journal :

*«Un imbécile de petit garçon s'est enfui de
l'école pour aller se faufiler dans la cage aux
boas. Résultat : il est tout plat. Il lui faudra
un mois pour redevenir normal.»*

Chapitre 4
Prêts pour le départ ?

Le lendemain matin, les élèves attendaient la maîtresse en se disputant. Léo affirmait que le fils Chameau s'était rendu au zoo en deltaplane. Camille prétendait qu'il y était allé en planche à roulettes...

Quentin en eut assez d'entendre ces idioties. Il finit par lancer tout haut :

– Mais non ! Il a juste utilisé ma zip-zip !

Ses copains s'exclamèrent :

– Qu'est-ce que c'est que ça ? Ça n'existe pas !

Quentin brandit sa boîte. Il expliqua ce que c'était, puis il dit :

– Hier soir, quand je suis allé chez la maîtresse pour la récupérer, Rigobert Chameau me l'a jetée à la figure. J'espère que cette brute ne l'a pas cassée.

– Je veux l'essayer ! s'écria Camille.

– Non ! Moi ! Moi ! s'écria Élise.

– Moi ! hurla Léo.

Ils se bousculaient autour de Quentin.
Alors, Fanny proposa :

– J'ai une idée. Si on partait tous ensemble?

– Je… je ne sais pas si c'est possible, dit
Quentin. Et d'abord, où irons-nous ?

– On verra bien ! Je t'en supplie, laisse-
moi zipper ! implora Fanny avec un regard
tendre.

Comment résister à Fanny ? C'était la
plus gentille de toutes les filles de l'école.
Quentin lui prêta la zip-zip.

– Prenez-vous par la taille ! ordonna
Fanny.

Tout le monde obéit.

– Prêts pour le départ ? Par notre zip-zip,
nous voulons tous aller à... à... à...

Sans le faire exprès, Quentin pinça la taille de Fanny, et celle-ci cria :

– Tu m'embêtes !

Zouiiiinnnng ! Au moment même où Madame Chameau arrivait dans la cour, tous ses élèves disparurent.

Il ne lui resta que son Rigobert. Mais, depuis son accident au zoo, il était au lit, tout aplati.

Chapitre 5

Prisonniers sur une île !

Les élèves de Madame Chameau se retrouvèrent donc à Tumembête, une île inconnue, toute plate et toute nue.

Quentin s'exclama :

– C'est malin ! Comment on va rentrer chez nous ? On ne peut zipper qu'une fois par jour.

Les enfants se mirent à piailler* :

– Tu aurais pu nous prévenir ! Nos parents vont se faire du souci !

Heureusement, Élise avait un téléphone portable. Elle appela chez elle.

– Dans quel endroit es-tu ? cria son père.

– À… Tumembête !

– Élise, dit le papa d'Élise, sois polie, sinon ça va barder.

Élise raccrocha et soupira :

– Il n'a rien compris, il m'a grondée.

* Crier tous ensemble.

– Tant pis, dit Léo. On est très bien, ici.
On partira demain.

Mais le lendemain, quelle histoire ! La
zip-zip avait disparu !

Élise téléphona encore à ses parents :

– Venez nous chercher en avion ! Il ne
nous reste qu'un paquet de biscuits à la
vanille pour vingt-quatre !

– Vous chercher ? Où ça ? demanda sa
mère.

– À… Tumembête…

– Oh là là là là là ! s'égosillèrent les parents.

Tout à coup, la zip-zip tomba de la poche de Léo. Oh ! C'est lui qui l'avait cachée.

Quentin s'écria aussitôt :

– Vite ! Tenez-vous bien ! Attention ! Je zippe !

Les enfants se prirent par la taille...

... et en trois secondes ils se retrouvèrent sur la place du village. Les parents furent tellement heureux de les revoir qu'ils ne les grondèrent pas trop.

Le lendemain, Quentin se rendit à «Magic Magie». Il annonça :

– J'ai toujours votre zip-zip, Madame Zipon.

Madame Zipon déclara sèchement :

– Tu m'avais promis de ne la prêter à personne. Tu m'as menti. Rends-la-moi.

– Oh ! gémit Quentin.

Quand il retourna chez lui, Quentin se sentit nul sans sa zip-zip. Pour se consoler, il jeta un coup d'œil au journal. Il lut :

« La maîtresse de la classe, Madame Chameau, a déclaré : *«Je change de métier. Je préfère devenir dompteuse de fauves, c'est moins énervant.* »

Quentin sauta de joie :

– Quelle bonne nouvelle !

Il lut encore :

« Heureusement, une nouvelle maîtresse a été nommée à sa place : Madame Zipounette Zipon. Elle quitte son commerce de magie pour s'occuper d'enfants. C'est son ancien métier, elle adore ça. »

– Grandiose ! fit Quentin.

Il courut annoncer à ses copains :
– Madame Zipon, vous verrez, c'est une
as de la zip-zip. En classe d'éveil, elle nous
emmènera au bout du monde !
Et Quentin n'arriva plus jamais en retard
à l'école.

mes premiers j'aime lire

La collection des premiers pas dans la lecture autonome

 Se faire peur et frissonner de plaisir **Rire et sourire avec**

des personnages insolites **Réfléchir et comprendre la vie de**

tous les jours **Se lancer dans des aventures pleines de**

rebondissements **Rêver et voyager dans des univers fabuleux**

Un magazine pour découvrir le plaisir de lire seul, comme un grand !

Spécial CP/CE1

Grâce aux différents niveaux de lecture proposés dans chacun de ses numéros, *Mes premiers J'aime lire* est vraiment adapté au rythme d'apprentissage de votre enfant.

CHAQUE MOIS
- **une histoire courte**
- **un roman en chapitres avec sa cassette audio**
- **des jeux**
- **une BD d'humour.**

Autant de façons de s'initier avec plaisir à la lecture autonome !

Disponible tous les mois chez votre marchand de journaux ou par abonnement.